LES
RAMONNEVRS.
COMEDIE.
PAR Mr. DE VILLIERS.

REPRESENTEE SVR LE
Theatre Royal de l'Hoftel
de Bourgogne.

A PARIS,

Chez CHARLES DE SERCY, au
Palais, dans la Salle Dauphine,
à la Bonne-Foy couronnée.

M. DC. LXII.
AVEC PRIVILEGE DV ROY.

AV MIEVX
NTENTIONNÉ.

E me perfuade que le Particulier & le Public font fi peu fatisfaits de noy dans les deux precedens Ouurages que ma facilité à roire mes Amis m'a fait nettre fous la Preffe, le premier dans la mauuaife part ue ie luy ay fait prendre au

EPISTRE.

Festin de Pierre, & l'autr[...]
dans le rompement de tef[te]
que luy a donné mon Apo[...]
ticaire Déualifé, qu'à parle[...]
veritablement, ie ne fçay o[u il]
mes Ramonneurs donneron[t]
de la tefte, ny à qui ie le[...]
adrefferay pour leur faire vn[e]
accueil fauorable. Quoy qu'il[s]
ne foient pas Eftrangers naiz [...]
dans les Montagnes du Pié[...]
mont & de la Sauoye, &[...]
qu'ils n'ignorent pas la Lan[...]
gue, celuy qui les produit a [...]
peu d'accez par tout, que le[s]
pauures malheureux couren[t]
fortune d'eftre long-temps va[...]

EPISTRE.

*trigabons : Il est vray que cela
st est annexé à leur profession;
o et puis dans le mauuais estat
le où on les oblige de paroistre,
ou ils n'ont pas lieu de croire que
m l'on s'empresse à leur offrir
e une retraite : Si pourtant on
on les connoissoit bien, il y en a
il un entre les autres, qui sous
iz son déguisement cache des
ié charmes assez puissans pour
se faire souhaiter, et pour
m obliger le moins charitable à
luy donner le couuert dans
e son meilleur appartement.
m Pour ne pas mentir aussi, c'est
a celuy sur qui i'ay fondé toute*

EPISTRE.

mon esperance; & quand pa[r]
la decouuerture de son Sexe
tout scrupule sera banny, i[e]
suis asseuré qu'il ne manquera
pas d'Hostes qui le receuront,
à bras ouuerts, & que sa con-
sideration fera regarder les
autres par bonté, comme on
le regardera par amour. Ce[t]
beau Ramonneur est vne Fille
qui fuis la tyrannie d'vn Frere
extrauagant, qui luy veut
oster la liberté d'aimer, pour
laquelle la plus grande partie
de celles de son Sexe com-
battroit jusqu'au dernier sou-
pir de la vie, & pour laquelle

EPISTRE.

...utes celles qui font capables
...e cette belle paſſion, ne ſorti-
...ient pas ſeulement de leur
...Maiſon déguiſées en Homme,
...ais qui fuiroient juſqu'au
...out du Monde en telle for-
...e qu'il plairoit à l'Amour
...e les traueſtir. Ie croy que
...elle-cy n'ira pas ſi loin pour
...ela; c'eſt auſſi ſur cette
...reance que ie l'adreſſe au
...remier qui voudra luy faire
...ne reception digne d'elle &
...e ſes Compagnons : Ie me
...rompe s'il eſt difficile à trou-
...er, & ie me dédis pour l'a-
...mour d'elle de la crainte où

EPISTRE.

i'eſtois pour eux quand i'ay
commencé cette forme d'É-
piſtre. Ce Bien-Intentionné
ſera donc celuy à qui i'auray
toute l'obligation, & que ie
publieray par tout pour le plus
courtois, le plus genereux, &
le plus raiſonnable de tous les
Hommes, & enfin celuy de
qui ie ſeray auec beaucoup de
raiſon auſſi,

Le tres-humble, tres
obeïſſant & tres
obligé Seruiteur
DE VILLIERS

Extrait du Privilege du Roy.

PAr Grace & Privilege du Roy, Donné à Paris le neufiéme Nouembre 1660. Signé, Par le Roy en son Conseil, BOVCHART : Il est permis à Charles de Sercy Marchand Libraire à Paris , d'imprimer ou faire imprimer, vendre & debiter, quatre Pieces de Theatre, intitulées, *Le Bien Perdu recouuré* , *La Magie sans Magie*, *Les Sœurs Ialouses*, *& les Ramonneurs*, en telle marge , tel caractere , & autant de fois que bon luy semblera, & ce pendant le temps de neuf ans entiers & accomplis , à commencer du iour que lesdites Pieces seront acheuées d'imprimer pour la premiere fois. Et defenses sont faites à tous Libraires, Imprimeurs,& autres personnes, de quelque qualité & condition qu'elles soient , de les imprimer, faire imprimer, vendre & debiter, sans le consentement de l'Exposant, ou de ceux qui auront droict de luy , à peine aux contreuenans de trois mille liures d'amende, confiscation des exemplaires contrefaits, & de tous despens dommages, & interests, ainsi que plus au long il est porté aud.t Privilege.

Registré sur le Liure de la Communauté le 18. Nouembre 1660. suiuant l'Arrest de la Cour de Parlement. Signé, G. IOSSE, Syndic.

Acheué d'imprimer pour la premiere fois le 13. Avril 1662.

Les Exemplaires ont esté fournis.

ACTEVRS.

LEANDRE, Amoureux de Diane.

DIANE, Sœur du Capitaine.

CAPITAINE SCANDERBEC.

PHILIPIN, Valet de Leandre.

GALAFFRE, Valet du Capitan.

DAME NICOLE.

VIOLONS.

La Scene est à Paris.

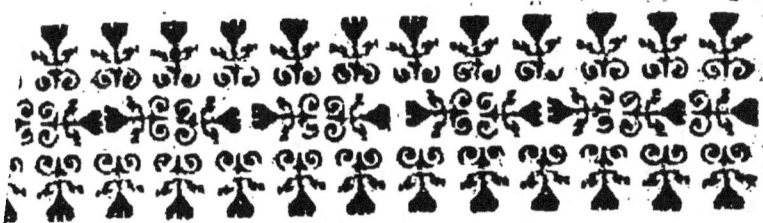

LES
RAMONNEVRS.
COMEDIE.

SCENE PREMIERE.

LEANDRE, PHILIPIN, VIOLONS.

LEANDRE. (tion,

O1cy l'heure à peu pres de l'assigna-
Philipin.

PHILIPIN.

Taisez-vous?

LEANDRE.

Tu sçais ma passion.

PHILIPIN.

Taisez-vous de par Dieu? vostre chienne de langue
Va-t'elle commencer à faire vne Harangue?
Si vous continuez, nous courons grand hazard
De sentir du baston chacun sa bonne part.

A

LEANDRE.

A ne te point mentir, ton humeur est étrange.

PHILIPIN.

Pas tant que vous pensez ; car si vostre bel Ange
(Au moins ce beau museau que vous nommez ainsi)
Est surpris auec nous simphonisant icy,
Le Seignor Capitan à coups de bastonnades
Nous fera detester cent fois les serenades.

LEANDRE.

Point, point, elle m'a dit qu'il dort profondement;
Puis elle parlera du Balcon seulement.
Or sus, Messieurs, allons, ne perdons point courage?
Philipin?

PHILIPIN.

Taisez-vous, ils s'en vont faire rage.

LEANDRE.

Si vous reüssissez en ce Concert icy,
Il pleuura des Loüis.

PHILIPIN.

Et bien des coups aussi.
Estes-vous bien d'accord?
Il parle aux Violons. VN VIOLON.

Pas trop bien ce me semble.

PHILIPIN.

Ie vous l'auois bien dit, il faloit boire ensemble.
Icy les Violons ioüent vn peu.

SCENE II.

LE CAPITAINE, SCANDERBEC
à sa feneftre auec GALAFFRE son Valet,
DIANE à vn Balcon, LEANDRE,
PHILIPIN, VIOLONS.

CAPITAN.

Galaffre?

GALAFFRE.

Monseigneur.

CAPITAN.

Oy les accords charmans
Et l'aimable concert de quelques Inftrumens,
Ils me chatoüillent l'ame ainfi que les oreilles.

GALAFFRE.

C'eft pour vous regaler que l'on fait ces merueilles.

CAPITAN.

Ie fçay d'où peut venir ce diuertiffement,
C'eft la Marquife de···

GALAFFRE.

C'eft elle affeurément.

*Icy les Violons ioüent pour la feconde fois
vne cadence.*

CAPITAN.

Galaffre?

GALAFFRE.

Monseigneur.

CAPITAN.

As-tu fort bonne oreille?

A ij

GALAFFRE.

Comment bonne ? subtile, & fine, & sans pareille.

CAPITAN.

Tu côprens dôc fort bien qu'il n'est rien de plus seur,
Que tout cecy se fait pour ma gueuse de Sœur?

GALAFFRE.

Pour ne vous point flater,ie n'en fais point de doute.

CAPITAN.

La friponne à l'honneur veut faire banqueroute.
Ie vais les écarter comme des Perdreaux.
Qui va là ? par le ventre ?

PHILIPIN.

Amis.

CAPITAN.

Des Fauconneaux,
Des Canons, des Fusils, des Pistolets...

LEANDRE.

De grace,
Ho Seignor Capitan, tréue vn peu de menace.

CAPITAN.

Tréue auec le domteur du plus grand des Césars?
Mon Fusil ? Ie les veux tirer comme Canars.
Ie vais prendre mon temps pour les coucher en jouë.

PHILIPIN.

Tirez bien droit au moins,ce n'est pas moy qui jouë.

DIANE *au Balcon.*

Retirez-vous?

LEANDRE.

Seignor ?

CAPITAN.

Quoy ?

LEANDRE.

Nous nous retirons.

CAPITAN.

Vous faites fagement, déteftables poltrons.
Ha, ha, ha, ha.

Icy les Violons
fe retirent.

GALAFFRE.

Voila la Mufique écoulée.

CAPITAN.

La Roque, Loifillon, icy? la Giïouflée?
Main baffe là-deffus, & faites vos efforts
Pour me les amener icy tous vifs ou morts.
Tirons nos coups en l'air.

Icy ils tirent
deux coups de
piftolets.

DIANE.

Ha ! quelle barbarie !

CAPITAN.

Ie m'en vais t'immoler à ma jufte furie,
Impudente !

DIANE.

Comment ? pour oüir vn Concert,
Vne Fille d'honneur fe difame & fe perd?
I'aime tant la Mufique, & c'eft fi fort mon tendre,
Que ie me leuerois à minuit pour l'entendre,
Sur tout celle qu'on fait auec des Inftrumens,
Qui bien plus que les Voix me paroiffent charmans.

CAPITAN.

Des Inftrumens ? Parbieu Madame l'effrontée
Ie vous en donneray !

LEANDRE & PHILIPIN
dans vn coin du Theatre.

Cette humeur emportée
M'a fait manquer le coup que i'auois projetté.

PHILIPIN.

Il faut auoir recours à la fubtilité,
Et ie fuis affeuré que i'en tiens vne prefte,
Qu'il ne parera pas, euft-il le Diable en tefte.

A iij

LEANDRE.

De grace, dy-moy donc ta rare inuention?

PHILIPIN.

La voulez-vous sçauoir ? Hauffez ma portion,
Autrement...

LEANDRE.

Et de plus ie haufferay tes gages.

PHILIPIN.

De combien ?

LEANDRE.

• De dix francs.

PHILIPIN.

O les grands auantages!
Dix francs pour vn seruice égal à celuy-là.
Ha ! ie veux que iamais vin n'entre dans...

LEANDRE.

Hola,
Ne jure pas plus fort, & me dis l'artifice
Par où tu veux me rendre vn si rare seruice.

PHILIPIN.

Ecoutez ; le voicy déja tout preparé,
Stratagéme iamais ne fut mieux digeré,
Et vous l'allez sçauoir. Ho, Madame Nicole

Icy Philipin frape chez Dame Nicole.

SCENE III.

NICOLE, LEANDRE, PHILIPIN.

NICOLE.

Ecoutez; N'allez pas me donner de bricole;
Car si ie m'apperçoy que vous ayiez au sein
Pour cette Fille icy quelque mauuais dessein...

PHILIPIN.

Est-ce vn mauuais dessein d'enleuer vne Fille,
Et vertueuse, & sage, & belle, & bien gentille?

NICOLE.

Enleuer vne Fille?

PHILIPIN.

Attendez vn moment;
Ie vous dy l'enleuer de son consentement,
Et la rendre aujourd'huy, de miserable, & gueuse,
Satisfaite, opulente, & tout à fait heureuse.

NICOLE.

Cela c'est quelque chose; & quelle seureté?
Comment l'aimer encor, en quelle qualité?

LEANDRE.

Que de tous les mortels ie sois le plus infame,
Si ie la veux iamais qu'en qualité de Femme.

NICOLE.

A ces conditions reposez-vous sur moy.

PHILIPIN.

Que vous auois-je dit? l'entend-elle?

NICOLE.

Ma foy,

A iiij

Ie hazarde beaucoup, car si son fou de Frere
Nous surprend, on ne vit iamais vn tel mystere,
Il fracassera tout.

LEANDRE.

Hé de grace, partez,
Ne nous opposez point tant de difficultez.
N'as-tu pas?...

PHILIPIN.

Non encor.

LEANDRE.

Pourquoy cela?

PHILIPIN.

C'est...

Icy Philipin rend
vne bourse à son
Maistre, qu'il donne
à Dame Nicole.

LEANDRE.

Donne?

NICOLE.

Ha ! si ie n'alois faire vne action tres-bonne;
Ie mourrois mille fois plutost que prendre rien,
Et i'ay le cœur trop bon...

PHILIPIN.

Hem? l'entend-elle bien?

NICOLE.

Ne vous éloignez pas, s'il me faloit main forte.
Mais i'apperçoy quelqu'vn, c'est elle sur sa porte.
Qu'elle vient à propos ! la belle occasion !

SCENE IV.
DIANE, NICOLE.

DIANE.

Qve pensera Leandre apres cette action?

NICOLE.

Bon jour, Mademoiselle.

DIANE.

Ah ! Madame Nicole.

NICOLE.

Ie voudrois en secret vous dire vne parole.

DIANE.

Tres-volontiers.

NICOLE.

Sçachez....

DIANE.

Faisons donc promptement,
Mon Frere va sortir dans vn petit moment.

NICOLE.

I'auray fait en deux mots, si vous voulez m'entendre;
Tenez, prenez cela de la part de Leandre,

Elle luy donne vne Lettre.

Et ce bouquet aussi que tout exprés i'ay pris;
Il peut seruir en cas que nous soyions surpris.

DIANE.

Donnez-moy des cizeaux pour couper cette soye.

NICOLE.

En voila; mais gardons que quelqu'vn ne nous voye.

A v

LETTRE QVE DIANE LIT.

VOVS *sçauez le malheureux estat où vous estes auprés d'vn Frere insuportable en ses humeurs, & mortel ennemy de vostre bien: Vous sçauez mon amour, vous sçauez encore mieux mes desseins. Si vous les approuuez, & que vous m'ordonniez d'entreprendre, i'exposeray ma vie, & la perdray mille fois, ou ie vous mettray en estat de ne plus rien craindre, & de ne plus rien desirer: Et pour vous montrer la sincerité de mon ame, ie vous porteray la Promesse de Mariage que vous auez souhaitée de moy auec vn cœur plein d'vne veritable passion qui durera autant que ma vie.*   LEANDRE.

DIANE.

Leandre, ton amour enfin triomphera;
Oüy, ie veux me resoudre à tout ce qu'il voudra,
Et ie prefererois vne mort asseurée
Aux malheurs de languir toûjours d'esesperée.

NICOLE.

Non, n'apprehendez point; L'excés de son amour...

DIANE.

Si mon Frere venoit? Que ie crains son retour!
Retirez-vous, Madame, & dites à Leandre
Que pour l'amour de luy ie veux tout entreprendre.

SCENE V.

CAPITAN, GALAFFRE, DIANE.

CAPITAN.

ENfin Madame donc, puis que Madame y a,
Montrez?

NICOLE.

Quoy?

CAPITAN.
Le Poulet.

NICOLE.
Le Poulet?

DIANE *donnant vn Bouquet.*
Le voila.

CAPITAN.
A d'autres. Par le ventre, en cas que toute à l'heure...

DIANE.
Ha! vous auez grãd tort, mon bon Frere, ou ie meure.

CAPITAN.
Ie veux estre éclaircy de mes justes soupçons;
Ventre, on ne m'endort pas auecque des Chansons.

NICOLE.
Mon Braue, moderez l'ardeur qui vous consomme,
Presenter vn Bouquet n'est pas la mort d'vn Homme.

CAPITAN.
Comment ventre, mon Braue? Apprenez entre nous,
Que Braue n'est qu'vn terme à parler aux Filoux,
Que Braue n'est qu'vn mot permis à ma Maistresse;
Et qu'en parlant à moy, l'on dit vostre Hautesse.

A vj

NICOLE.

On ne se trompe pas, car vous estes bien haut.

CAPITAN.

Par le ventre, aujourd'hny quelqu'vn fera le saut,
Secoüons ce Bouquet viste, & sans plus attendre,
Voyons ce que par là nous en pourrons apprendre,
Si ma Sœur est gagnée, & si pour nos malheurs
L'Aspic n'est point icy caché dessous les fleurs.

GALAFFRE.

Ha ! vous ne tenez rien, le Poulet est en cage.

CAPITAN.

Confessez toutes deux, ou par la mort... I'enrage
De n'auoir point sur qui décharger mon couroux.

SCENE VI.

LEANDRE, PHILIPIN, CAPITAN, GALAFFRE, DIANE, NICOLE.

LEANDRE.

MOnsieur le Capitan?

CAPITAN.

Hem?

LEANDRE.

A quoy songez-vous
De vouloir mal-traiter des Femmes de la sorte?

PHILIPIN.

Monsieur, vous auez tort, ou le Diable m'emporte.
Auant que de sortir quelqu'vn sera battu. *A part.*

CAPITAN.

D'où viens-tu? que veux-tu? dequoy te mesles tu?

Les Filoux volontiers embraſſent les querelles,
Et prennent le party de telles Damoiſelles?

LEANDRE.

Iamais Homme d'honneur ne me parla par toy.

CAPITAN.

Ha ! ventre, tu l'entens ; Sçais-tu bien que le Roy
Croit que c'eſt vn honneur bien grãd que ie lui porte,
Alors qu'auecques luy i'en vſe de la ſorte?
Apprens donc que tu n'as pas trop mal reüſſy,
Puis qu'enfin ie m'abaiſſe à te parler ainſi.

LEANDRE.

Ie ne veux rien apprendre en ſi mauuaiſe Ecole;
Mais laiſſez cette Femme, ou nous aurons parole.

CAPITAN.

Parole ! Ha, ha, ha, par le ventre attens-moy,
Dans vn petit moment ie viens parler à toy:
Vous, rentrez cependant, Madame l'effrontée.

DIANE.

Ie ne la fus iamais.

LEANDRE.

Quoy, la voir mal-traittée?
Non, ie ne puis ſouffrir...

CAPITAN.

Viſte, des Piſtolets;
Sus, Galaffre, écartons ces Marchands de Poulets.

Icy il ferme la porte ſus luy.

En tiens-tu, fanfaron, qui fais tant le brauache?

Icy il paroiſt à la feneſtre.

On t'a fermé la porte au moins ſur la mouſtache.

LEANDRE.

Philipin, qu'en dis-tu?

PHILIPIN.

Monſieur, qu'en dites-vous?

LEANDRE.

Ha ! voila tout perdu.

PHILIPIN.

Hé bien, retirons-nous,

LEANDRE.

Mais...

PHILIPIN.

Mais...

LEANDRE.

Quoy, défifter...

PHILIPIN.

Mais quoy, tenter encore?

LEANDRE.

Il le faut, ou mourir.

PHILIPIN *apres auoir vn peu refvé.*

La Belle vous adore;
Et Philipin qui fçait bien ménager le tout,
De ſes inuentions n'eſt pas encore à bout.
Ie veux rendre voſtre ame, & contente & vengée;
Mais que vous a donc dit cette pauure affligée?

NICOLE.

Que l'amour de Leandre enfin triomphera,
Qu'enfin elle s'expoſe à tout ce qu'il voudra,
Qu'elle prefereroit vne mort aſſeurée
Aux malheurs de languir toûjours deſeſperée.

PHILIPIN.

Elle n'en mourra pas, qu'elle n'ait point de peur:
Mais apres le coup fait, il nous faut vn lieu ſeur;
Pouuons-nous le choiſir chez vous?

NICOLE.

Oüy-da ſans peine,
Car auſſi bien que toy i'en veux au Capitaine.

PHILIPIN.

Voila qui va fort bien ; mais sans plus consulter,
Separons-nous. Pour moy, ie m'en vais m'aprester
A mettre de ce pas mes desseins en pratique:
Ha! vous sçaurez que c'est d'offencer la Musique;
Retirez-vous tous deux, moy ie me cache, il sort.

SCENE VII.

CAPITAN, GALAFFRE, PHILIPIN caché.

CAPITAN.

Sont-ils là ?

GALAFFRE.

Non, sortez.

CAPITAN.

Ils craignent trop la mort
Les poltrons.

GALAFFRE.

Porteray-je icy ma halebarde?

CAPITAN.

Non, demeure au logis, & sur tout prens bien garde
Que tout soit là-dedans preparé comme il faut,
Et sur tout que ma Sœur ne gagne pas le haut.

GALAFFRE.

Gagner le haut? à moy? moy me prendre pour dupe?
Bon à quelque niais; Mais...

CAPITAN.

Que ton soin s'occupe

A faire preparer vne Collation;
Mais que tout y paroiſſe auec profuſion,
Car ie veux aujourd'huy regaler ma Maiſtreſſe;
Mais d'importance.

GALAFFRE.

Allons; allegreſſe, allegreſſe:
Mais Monſieur...

CAPITAN.

Que veux-tu?

GALAFFRE.

Tout doucement, deux mots.
Où ferons-nous roſtir, où mettrons-nous les pots?
Ne ſçauez-vous pas bien que noſtre cheminée
Deuroit auoir eſté quatre fois ramonnée,
Et qu'en l'eſtat qu'elle eſt, perſonne ne pourret
Sans bruler la Maiſon, y roſtir vn Poulet?

CAPITAN.

Ce faquin a bon ſens; oüy, Galaffre, fais viſte,
Ie m'en vais cependant...

GALAFFRE.

Où?

CAPITAN.

Rendre vne viſite
A ma belle Maiſtreſſe.

GALAFFRE.

Allez.

CAPITAN.

Songe ſur tout
A Diane?

PHILIPIN *au coin du Theatre.*
Ah! voila mon entrepriſe à bout.
GALAFFRE. *Icy Philipin*
rentre.
I'obſerueray...

CAPITAN.

Fais bien...

GALAFFRE.

Bien, Monfieur.

CAPITAN.

Nettoyer,

GALAFFRE.

Bien, Monfieur.

CAPITAN.

Aranger, tout fourbir, balayer.

GALAFFRE.

Bien, Monfieur.

CAPITAN.

Qu'en la Salle, & fur tout dans ma Chambre,
Que l'on faffe bruler de ces paftilles d'Ambre
Qu'hier on m'apporta de chez mon Parfumeur.

GALAFFRE.

Bien, Monfieur.

CAPITAN.

Que ces gans d'Efpagne...

GALAFFRE.

Bien, Monfieur.

CAPITAN.

Courez de là querir ces douze bas de foye.

GALAFFRE.

Bien, Monfieur.

CAPITAN.

Et de là prendre ma petite oye,

GALAFFRE.

Bien, Monfieur.

CAPITAN.

Vifte donc, ie ne feray qu'vn tour
Au Palais de l'aimable objet de mon amour.

GALAFFRE.

Il eſt juſte à mon tour que ie me diuertiſſe:
Mais entrons au logis, que quelqu'vn ne s'y gliſſe.

※※※※ ※※※※ : ※※※※ : ※※※※ : ※※※

SCENE VIII.

PHILIPIN auec vn ſac, & des
habits dedans.

C'Eſt eſtre diligent cela ; Ne tardons plus,
Ne perdõs point de temps en diſcours ſuperflus,
Il faut que noſtre eſprit ſe faſſe icy paraiſtre.
Mais où ſera caché mon negligent de Maiſtre?

※※※※ ※※※※ : ※※※※ : ※※※※ : ※※※

SCENE IX.

LEANDRE, PHILIPIN.

LEANDRE.

DOù viens-tu?

PHILIPIN.

C'eſt bien dit; de deux cens mille parts:
La peſte, que de peine apres ces Sauoyards !

LEANDRE.

Que dis-tu?

PHILIPIN.

Ce moment m'a duré plus d'vne heure.

LEANDRE.

Mais qu'as-tu là-dedans?

PHILIPIN.

Ce que i'ay; c'eſt vn leurre
Pour attraper du moins deux ſots tout à la fois;
Il ne fautque vingt francs, i'ay cõpté par mes doigts.

LEANDRE.

Que veux-tu dire enfin auec cet équipage?

PHILIPIN.

Taiſez-vous, ignorant, laiſſez parler vn ſage.

LEANDRE.

Philipin, ie ſens bien que...

PHILIPIN.

Qu'eſt-ce qu'il fera?
Donnez luy tout maſché, Monſieur l'aualera.

LEANDRE.

Ha! c'eſt trop; Apres tout, tu me mets à la geſne.

PHILIPIN.

Bien aiſé de parler à qui n'a pas la peine.

LEANDRE.

Concluons.

PHILIPIN.

Viſtes-vous iamais rien de plus beau?
Icy il luy tire d'vn ſac des habits de Ramonneurs.

LEANDRE.

Vrayment cet équipage eſt rare, & bien nouueau.

PHILIPIN.

Il ne vous plaiſt donc pas?

LEANDRE.

C'eſt pour aller en maſque.

PHILIPIN.

Il faut le reporter.

LEANDRE.

Tu fais bien le fantaſque:
Comment, tu me feras inceſſamment ſouffrir?

PHILIPIN.

Comment, vous m'ennuyerez sans cesse à discourir
Et...

LEANDRE.

Tes sotes façons m'en donnent la matiere.

PHILIPIN.

Hé bien finissons donc, viste, & ne tardons guere,
Aussi bien nous n'auons que le temps qu'il nous faut;
Le Capitan a peur qu'elle gagne le haut.

LEANDRE.

Qui?

PHILIPIN.

Diane.

LEANDRE.

Comment cela se peut-il faire?

PHILIPIN.

Ecoutez, en deux mots vous sçaurez le mystere.

LEANDRE.

J'écoute.

PHILIPIN.

C'est bien fait. Comme i'estois au guet,
Ce Capitan, Monsieur, a dit à son Valet:
Galaffre (écoutez bien) que cette cheminée
Soit du haut jusqu'en bas aujourd'huy ramonnée;
Ie ne rentreray point, que cela ne soit fait.

LEANDRE.

Et qu'est-ce que cela peut produire en effet?

PHILIPIN.

Ce qu'il pourra produire ! Ah ! la lourde pécore;
Ce qu'il pourra produire ! En doutez-vous encore?
Ces habits vous vont mettre au faiste du bonheur,
Car il faut là-dedans passer pour Ramonneur;
Viste, prenez l'habit en diligence extréme.

LEANDRE.

Hé bien, habillôs-nous : mais pourquoy ce troisiéme?

PHILIPIN.

Dépeschez seulement.

LEANDRE.

Ie seray bien-tost prest.

PHILIPIN *en s'habillant.*

Que le cœur d'vn Valet noble, & sans interest,
Vaut d'argent, quand il sert vn Maistre raisonnable!
Rien trop chaud, rien trop froid...

LEANDRE *en s'habillant.*

Ha! qu'il est détestable,
Quand il fait acheter vn seruice...

PHILIPIN..

Comment?

Vous faites, que ie croy, l'Homme d'entendement;
Fardez-vous comme moy?　　　*Icy il se barbouille*

LEANDRE.　　　*de noir.*

Fy, vilain.

PHILIPIN.

Patience,
Il faut estre aujourd'huy Ramonneurs d'imporiance.

LEANDRE.

Mais, Philipin...

PHILIPIN.

Ie croy que vous faites le fat;
C'est vn ombrage au teint pour en haußer l'éclat.

LEANDRE *se barboüillant de noir.*

Suis-je bien à ton gré?

PHILIPIN.

Fort bien, Prenez la gaule,
Mettez-la comme moy vaillamment sur l'épaule,
Vous pourrez aujourd'huy vous vanter de l'honneur
D'estre à ma suite, & d'estre excellent Ramonneur

Criez bien fort.

LEANDRE.
Bien fort?

PHILIPIN.
Fort comme tous les Diables.
Criez vn peu pour voir.

LEANDRE *en regardant du costé du logis de sa Maistresse.*
Beaux yeux trop adorables,
Voyez où m'ont reduit vos celestes appas.

PHILIPIN *se moquant de luy.*
Gnan, gnan, gnan, gnan, gnan, gnan, haut à bas, haut

LEANDRE. (à bas.
Que veux-tu, Philipin. Apprentif n'est pas Maistre.

PHILIPIN.
Criez de par le diable, & vous faites connaistre
Pour parfait Ramonneur, & faites comme moy.
Haut à bas, haut à bas.

LEANDRE.
Pour faire comme toy,
Crions ensemble, A ramonner la cheminée,
Haut à bas, haut à bas.

SCENE X.

GALAFFRE, DIANE, LEANDRE, PHILIPIN.

GALAFFRE *à la fenestre.*
Ah! l'heureuse journée.

)iane?

DIANE *au Balcon.*

Que veux-tu ?

GALAFFRE.

I'entens des Ramonneurs.

DIANE.

Ié bien, appelle les.

GALAFFRE.

Mais vous-mesme?

DIANE.

Messieurs?

CALAFFRE *en riant.*

Iessieurs. Ah! qu'elle est drôle. O dépendeurs d'an-

PHILIPIN.   (doüilles?

)ui m'appelle?

GALAFFRE.

C'est moy, venez coquefredoüilles?

DIANE.

:omment, parler ainsi?

GALAFFRE.

Ie parle comme il faut.

DIANE.

Ion Frere asseurément t'assommera tantost.

GALAFFRE.

ttendez-moy.

PHILIPIN.

Tenons vne mine asseurée

'euant ce drôle icy.

GALAFFRE *descendu de la fenestre.*

Madame la sucrée,

oicy des Ramonneurs qui sans se fouruoyer

e cherchent, que ie croy, qu'à se bien employer.

DIANE *descenduë du Balcon.*

nfans, combien faut-il pour nostre cheminée?

GALAFFRE.

S'entend pour la tenir nette, & bien ramonnée.

PHILIPIN.

Tout ce qu'il vous plaira, Madame.

GALAFFRE.

En verité
Voila des Ramonneurs de bonne volonté.

DIANE.

Taisez-vous, maistre sot : la, sans ceremonie,
Combien faut-il?

PHILIPIN.

Ainsi que vous serez seruie,
Vous payerez de mesme.

GALAFFRE.

Ah ! les braues Garçons.

DIANE.

La, trauaillez donc viste, & sans tant de façons.

PHILIPIN.

Il nous faut vne échelle, & quelque petit linge,
Camarade?

DIANE.

Va viste.

GALAFFRE.

Ho, visage de singe,
Depuis quand sommes nous camarades?

DIANE.

Fripon.

GALAFFRE.

Ces maraux que ie croy, feront comparaison...

DIANE.

Apporte vistement tout ce qu'ils te demandent,
Icy Gal. rentre.　LEANDRE.

Madame, le seul bien à quoy mes vœux pretendent,
C'est de vous témoigner...

DIANE.
Dieu, qu'eſt-ce que ie voy?

LEANDRE.
L'ardente paſſion de vous prouuer ma foy,
Et de vous faire voir que i'ay trop de courage
Pour ſouffrir qu'vn brutal plus long-temps vous ou-

DIANE.   (trage.
Helas! s'il nous ſurprend, nous ſommes tous perdus.

GALAFFRE *apportant vne échelle & vn linge.*
Ces Ramonneurs icy font bien les entendus,
Et pour les mettre en train il faut bien du myſtere.
Tenez, voila l'échelle...

PHILIPIN.

Allez, laiſſez-moy faire;
Ie vous la rends dans peu nette comme vn denier;
Aidez-moy ſeulement à la bien appuyer.

GALAFFRE.
Fort bien.

PHILIPIN.
Et cependant mettez noſtre bouteille
En quelque endroit bien ſeur.

GALAFFRE.
O la rare merueille !
Ie n'ay iamais connu Ramonneurs ſi courtois.

PHILIPIN.
Vous pouuez bien pourtant en taſter vne fois.

GALAFFRE.
Ramonneurs? on payra tout du long & du large;
Mais ne vous trompez pas auſſi, c'eſt à la charge
Que ie prétens vous voir croquer à belle dent
Tout ce qu'on trouuera de ſuye en deſcendant.

Il boit dans la bouteille.
O charmante liqueur doucement aualée.

B

PHILIPIN.

C'eſt du cidre.

GALAFFRE.

Du cidre ?

PHILIPIN.

Oüy de pomme pelée.

GALAFFRE.

Ha ! vertubleu quel cidre ; encore vn petit coup.

DIANE.

Leandre, il ne faut pas tarder icy beaucoup.

LEANDRE.

Madame, ie n'y ſuis qu'afin de vous conduire
Où ce Frere bizarre aura peine à vous nuire;
Il faut qu'à ſon retour il ne vous trouue pas.

GALAFFRE.

Hola ho, Ramonñeurs?

PHILIPIN *au haut de la cheminée.*

Haut à bas, haut à bas.

GALAFFRE.

Prens garde à toy, voicy bien vne autre nouuelle,
Deſcens; ie ne ſçaurois plus ſoûtenir l'échelle,
La maiſon tourne.

PHILIPIN.

O Dieu, l'heureuſe occaſion !

DIANE.

Mais qu'eſt-ce qu'on dira de mon éuaſion?

LEANDRE.

Ceſſez d'apprehender.

DIANE.

Mais...

LEANDRE.

Voila la Promeſſe
Que ſouhaite de moy mon aimable Maiſtreſſe:

Si ie ne l'accomplis, puiſſe en ces meſmes lieux
M'écraſer deuant vous la colere des Cieux...

PHILIPIN.

Le drôle eſt endormy. Veſtons-la, ie vous prie,
Viſte, viſte, il faut faire vn branle de ſortie.

DIANE.

Comment, m'accommoder de ce méchant haillon?

Icy elle ſe met à vne entrée du Theatre pour
prendre l'habit de Ramonneur.

GALAFFRE *en chantant dit ce Vers.*

Et ſur tout prenez bien garde à voſtre cotillon.

PHILIPIN.

Ne craignez rien, l'yurogne a vuidé ma bouteille;
Dans vn petit moment ie te rends la pareille.
Eſt-ce fait?

LEANDRE.

Toute à l'heure.

PHILIPIN.

Allons viſte?

LEANDRE.

Tay-toy?

PHILIPIN.

Monſieur, il ne fait pas trop bon icy pour moy;
Ie crains auec raiſon que de nos meſmes gaules
On ne nous vienne icy chamarter les épaules:
Parbieu ie donnerois au Diable de bon cœur
La belle Ramonneuſe auec ſon Ramonneur.
Ha, ha, ha, ha, ha, ha.   *Icy elle paroiſt veſtuë* **en**

DIANE. *Ramonneur.*

Dieu, que ie ſuis peureuſe!

PHILIPIN.

Ha, ha, ha, ha. Mon Dieu, la belle Ramonneuſe!
Allons, on nous attend à quatre pas d'icy:
Mais nous oublions bien de vous farder auſſi.

B ij

LEANDRE.

Quoy, tu voudrois gaster cet aimable visage?

PHILIPIN.

Vous vous moquez de nous, c'est son apprentissage,
Il n'y paroistra pas asseurément demain;
Il ne faut que donner vn petit tour de main.

Icy elle se barboüille de noir.

DIANE.

Est-ce ainsi ?

PHILIPIN.

Teste-bleu, qu'elle sçait bien son rose.

LEANDRE.

Philipin ?

PHILIPIN.

Quoy, Monsieur.

LEANDRE.

Il faudroit vne gaule.

PHILIPIN.

Chut ; on ne prend iamais Philipin en defaut,
I'ay son fait.

LEANDRE.

Insolent, sois certain que tantost

Tu sçauras...

PHILIPIN.

I'en sçay bien plus que vous, allons viste,
Et gardons seulement d'estre attrapez au giste;
Ie vais marcher deuant, suiuez-moy pas à pas,
Et criez brauement, haut à bas, haut à bas.

*Icy ils font vn tour sur le Theatre, en criant
haut à bas.*

SCENE XI.

LEANDRE, PHILIPIN.
NICOLE à ſa feneſtre.

LEANDRE.

Depeſche, frape viſte.

PHILIPIN.

Ouurez, Dame Nicole?
Elle ne m'entend pas ſans doute à la parole.
Ouurez, c'eſt Philipin?

NICOLE.

He! que ne parle-tu?

PHILIPIN.

Venez diligemment, reſte de mon écu.

NICOLE voyant Diane veſtuë en Ramonnenr.

Noſtre pere! Ah mon Dieu, qui vous auroit connuë?

PHILIPIN.

Viſte, il n'eſt pas beſoin qu'on nous voye à la ruë,
Rentrez; & nous, allons reporter nos habits.

LEANDRE.

Madame, en vn moment ie retourne au logis.

DIANE.

Reuenez donc bien-toſt, ie ſeray conſolée.

PHILIPIN en chantant.

Elle y eſt affriolée déja, elle y eſt affriolée.

SCENE XII.

CAPITAN, GALAFFRE endormy,

CAPITAN.

VEntre, ie fçauois bien qu'aupres de ma beauté
La Belle en vn moment perdroit fa liberté;
La Fortune toûjours les hardis fauorife,
Ie la tiens enchaifnée, & tout à fait foûmife:
Voila qu'en vn moment vn adorable objet
Me donne vn équipage, & des biens à fouhait;
Toute la Cour, le Louure à prefent abandonne,
Pour venir s'attacher aupres de ma perfonne;
Ce ne font que Paumiers, Tauerniers, Rotiffeurs,
Etuuiftes, Barbiers, Patiffiers, Parfumeurs...
Mais ie veux écarter cètte nombreufe preffe,
Et donner tout mon temps à ma belle Maiftreffe;
Ie vais la retrouuer aupres de fes parens,
Si-toft que i'auray fceu ce qu'on fait là-dedans.
Galaffre, hola ho : Ma Sœur, vifte, qu'on ouure?
Ce maraut me fera perdre l'heure du Louure.
Galaffre, ventre, mort, veux-tu venir à moy?

GALAFFRE moitié endormy dans vn coin du Theatre.

Allons, à la fanté des Ramonneurs du Roy.

CAPITAN.

Où Diable eft ce maraut? Quoy, la porte eft ouuerte?
Ha! ventre, c'en eft fait, on a juré ma perte:
Mais entrons viftement, allons, cherchons par tout,
　　Icy il entre chez luy.
Vifitons la maifon de l'vn à l'autre bout.

Galaffre? Ho, ma Sœur? Galaffre, double traistre,
Est-ce de la façon qu'il faut seruir ton Maistre?
Icy il ressort de chez luy.
Ha ! ventre, les oyseaux s'en sont tous enuolez.
    GALAFFRE *couché à terre.*
Passez dessus le soir, marauts, si vous voulez.

    CAPITAN.
Voila mon sac à vin étendu contre terre.

    GALAFFRE *couché à terre.*

Tenez, Enfans, voila la bouteille & le verre.

    CAPITAN *le découurant.*
Ha ! traistre, ie te tiens ; çà, par le ventre, il faut
T'écraser sous mes pieds de mesme qu'vn crapaut.
    GALAFFRE. *couché à terre.*
Qu'on ne m'en parle point, ie vous le dy sans feinte,
Le cidre valoit mieux de dix bons sous sur pinte.
    CAPITAN.
Si ie ne le réueille à grands coups de baston,
Ie ne pourray iamais en auoir la raison.
    GALAFFRE *couché à terre.*
Ramonneurs, voulez-vous sans faire de brauoure,
Ioüer al prim, al du, chopinette à la Moure;
Du, tré, quatro, cinque.
    CAPITAN.
                N'estropieray-je point?
Ne perceray-je point le moule du pourpoint?
Non, il faut l'eueiller, pour sçauoir ses complices,
Et pour luy faire apres mieux gouster ses suplices.
Galaffre?
    GALAFFRE *couché à terre.*
    Qui va là ?
        CAPITAN.
        Ton Maistre.

                    B iiij

GALAFFRE *couché à terre.*

Ah! c'est donc vous,
Payez ces Ramonneurs, & leur donnez dix sous.

CAPITAN.

Ha! double yurogne, ils ont délogé sans trompette.

GALAFFRE *couché à terre.*

Ils ont bien trauaillé, la cheminée est nette,
Payez si vous voulez.

CAPITAN.

Payez ces Ramonneurs?
Dy, traistre, dy plutost ces lâches Rauisseurs
Qui t'ont graissé les mains, qui t'ont reply la pance,
Pour enleuer ma Sœur sans nulle resistance.

GALAFFRE *couché à terre.*

Que le grand Diable emporte...

CAPITAN.

Ah! scelerat, tay-toy.

GALAFFRE *couché à terre.*

Celuy qui l'a pû voir, ou de vous, ou de moy.

CAPITAN.

Non pas; car les pauots du vin & des bouteilles
T'ont endormy les yeux ainsi que les oreilles.

GALAFFRE *se releuant.*

Patience; Ie viens de me remémorer,
Qu'en entrouurant les yeux pour les faire rentrer,
De peur que vous vinssiez en diligence extréme,
Ces traistres Ramonneurs en auoient vn troisiéme;
Et malgré le broüillas, il n'est rien de plus seur
Qu'il ressembloit bien fort à vostre bonne Sœur.

CAPITAN.

Ha! ventre, qui me tient, vilain de quatre races...
Dy, pourquoy n'as-tu pas soudain suiuy leurs traces?

GALAFFRE.

Deux raisons, le sommeil, & l'apprehension,
Que me voyant les suiure auec émotion,
Pour leur faire quitter cette proye enleuée,
Ils ne prissent mon dos pour vne cheminée:
Disons tout, la friponne a par ma foy bien fait.

CAPITAN.

Pourquoy, double pendard?

GALAFFRE.

Pourquoy? c'est qu'en effet
Vous vous allez, Monsieur, n'en déplaise à la vostre,
Marier d'vn costé, comme elle aussi de l'autre...

CAPITAN.

Comment, infame, apres m'auoir perdu d'honneur,
Tu penserois encor faire icy le railleur?
Ah! par le ventre, il faut...Hé quoy, tu fuis: arreste?

GALAFFRE.

Pourquoy faire?

CAPITAN...

Pourquoy? pour t'aualer la teste.

GALAFFRE.

Mes jambes la sçauront au besoin conseruer,
Elles ont interest à la pouuoir sauuer.

CAPITAN.

Ha! traistre, tu fais bien d'éuiter ma furie.

GALAFFRE.

De bon cœur! a dieu Chef de la poltronnerie.

CAPITAN.

Ha! Galaffre, reuiens, excuse la douleur
Que me cause l'affront qu'on fait à mon honneur:
Mais loin d'éuaporer ma colere en menaces,
Vien-t'en tout de ce pas me mettre sur leurs traces;
Ie veux aller par tout chercher de coin en coin...

B v

GALAFFRE.

Nous les attraperons, ils ne font pas trop loin,
Il faudra prendre langue, & puis à la pipée...

CAPITAN.

Vn piftolet de poche, vn poignard, vne épée,
De la poudre, du plomb, vn flambeau dans ta ma

GALAFFRE.

C'eft donc pour éclairer le Soleil pour certain.

CAPITAN.

Non, faquin.

GALAFFRE.

Pourquoy donc?

CAPITAN.

C'eft pour reduire en cendre
Tous ceux qui de ce rapt ne voudrõt rien m'aprẽd
Pour les bruler tous vifs, & pour confommer tout
Ha! ie leur apprendray, ventre, à tourner au bout

GALAFFRE.

Monfieur, vn bon auis?

CAPITAN.

Qu'eft-ce?

GALAFFRE.

La Bouquetiere
Pourroit bien auoir fait...

CAPITAN.

Et quoy?

GALAFFRE.

Le fix derriere,
Et pour adroitement fe mieux venger de vous,
Recellé voftre Sœur auecques fon Epoux.

CAPITAN.

Tu dis vray: Par la mort, il faut que toute à l'heur

GALAFFRE.

Mõfieur, il vaut biẽ mieux qu'il l'époufe, qu'il meu

CAPITAN.

Sçais-tu bien le logis?

GALAFFRE.

Oüy-da, Monfieur.

CAPITAN.

Suy-moy?

GALAFFRE.

Monfieur, voicy la porte?

CAPITAN.

Ouurez de par le Roy?

GALAEFRE.

Mais, Monfieur, vous déuriez...

CAPITAN.

Ie croy que tu raifonnes:

Auertis de ce pas...

GALAFFRE.

Qui?

CAPITAN.

Ces ames poltronnes.

GALAFFRE.

Dequoy?

CAPITAN.

Que ie m'en vais tous viuans les bruler.

GALAFFRE.

Mais, Monfieur, vous ferez...

CAPITAN.

Vifte, & fans plus parler.

Icy Philipin heurte chez Nicole.

B vj

SCENE XIII.

NICOLE, CAPITAN, GALAFFRE
heurtant chez Nicole, **DIANE.**

NICOLE *à sa fenestre.*

Qvi heurte?

GALAFFRE.

Preparez de l'onguent de bruleure.

NICOLE.

Que veut dire ce fou?

GALAFFRE.

C'en est fait, toute à l'heure;
On vous va là-dedans griller comme Cochons;
Ouurez donc viftement?

NICOLE.

C'est ce que nous cherchons.

GALAFFRE.

Si tout prefentement la porte n'est ouuerte,
Pauures defefperez, ie gage voftre perte.

NICOLE.

On n'ouure pas ainfi.

GALAFFRE.

Ouurez, caquet bon bec?
Ouurez, c'est de la part du vaillant Scanderbec.

DIANE.

Hé! mō Dieu, n'ouurez pas, Madame, c'est mō Frere;
Helas! ie fuis perduë:

NICOLE.

Eft-ce de la maniere
Que l'on doit en vfer dans vn logis d'honneur?
Si vous ne délogez, ie vous feray malheur.

SCENE DERNIERE.

LEANDRE, PHILIPIN, CAPITAN, GALAFFRE, DIANE, NICOLE.

LEANDRE.

Monsieur le Capitan?

CAPITAN.

Quoy?

LEANDRE.

Alte à la colere,
J'estime cette Femme à l'égal de ma Mere,
Et l'on doit la traitter d'vn air plus moderé.

CAPITAN.

Il est vray; mais il faut nous trouuer sur le pré.

LEANDRE.

Ie n'ay point de combat à rendre dauantage,
Ie veux sous vostre aueu Diane en mariage.

CAPITAN.

Ha! ventre, en mariage; Vingt Côtes, dix Marquis,
Deux Rois, le Grãd Seigneur, & deux ou trois Sophis,
Par leurs Ambassadeurs m'en ont fait la demande.

LEANDRE.

Ie sçay qu'en ma faueur son amour est plus grande,
Elle en ressent pour moy, i'en ay pareillement;
De grace, donnez-y vostre consentement,
Faisons en ce moment vne paix generale,
Embrassons-nous tous deux, & qu'vne amour égale,
Toute colere à part, nous joigne desormais,
Et que tout le passé ne reuienne iamais.
Vous pouuez faire estat d'vn Homme.

CAPITAN.

Mon Beau-frere,
Vous auez tout d'vn coup attiedy ma colere.
Faites-la donc venir ? que nous voyions vn peu...

LEANDRE.

Philipin ?

PHILIPIN.

Monfieur.

LEANDRE.

Vifte.

PHILIPIN.

Ah ! i'y cours comme au feu;
Vifte, vifte à la nopce ; ouurez, ouurez, Madame,
Tout eft d'accord, venez.

CAPITAN.

La voicy, la bon ame,
Ie fuis bien en humeur de luy caffer les os.

PHILIPIN.

Ha ! ne battons perfonne, & tréue de gros mots.

LEANDRE.

Monfieur, en ma faueur, traittez-la bien de grace.

DIANE *à genoux.*

Il eft bien jufte icy que ie vous fatisface,
Ie ne m'excufe point apres ce que i'ay fait.
Mon Frere...

CAPITAN.

Leuez-vous, ie fuis fort fatisfait.

PHILIPIN.

Nous en fommes auffi, Galaffre? viens, de grace,
Fais-moy ton compliment, afin que ie t'embraffe.

GALAFFRE.

Tres-volontiers, pourueu qu'apres fans nous tróper
On nous die où l'on veut apprefter le fouper.

CAPITAN.

est à moy, c'est à moy d'accepter cette charge,
veux vous regaler tout du long & du large.

En parlant aux auditeurs.

vous prierois bien tous ; mais l'inégalité
ue vous feriez parmy des gens de qualité,
e fait fuir l'embarras, & les ceremonies
ui se font d'ordinaire aux grandes compagnies :
pour vous faire voir que parmy ces apprests
e n'est pas à dessein d'en amoindrir les frais,
vous n'estes contens, & que quelqu'vn nous die
u'il n'est pas satisfait de nostre Comedie,
ue sans scrupule aucun, il vienne me trouuer,
l'Hostel Scanderbec, demain à mon leuer ;
foy de Capitan, i'engage ma parole
e plus que son argent, luy rendre vne pistole,
our sa liurée vn bas incarnat de Milan,
ne épée argentée, & façon de Midan,
pour s'en retourner en son logis grande erre,
e plus beau Guilledin qui soit en Angleterre ;
croyez que ce sont, sans me rendre suspect,
es plus petits presens du vaillant Scanderbec.

FIN.

3

)

]

AV LECTEVR.

TANDIS que tu es en train de lire de mauuaises choses, autant vaut bien que mal batu. Tournes feüillet, & vois quelques petits Fragmens Burlesques à quoy l'Autheur s'est diuerty dans vn temps où ses Amis le plaignoient de ne pouuoir faire quelque chose de meilleur. Que si tu n'y trouues rien qui te plaise, non plus qu'en ce que tu as déja leu, au moins tu te peux asseurer que les Vers ne luy en ont pas plus cousté qu'il a falu de temps pour les écrire : Il en jureroit bien ; mais il est persuadé qu'apres les auoir leus, tu l'en croiras bien sans en jurer ; ils sont assez appropriez aux sujets, c'est à dire que les vns, ny les autres, ne sont pas trop releuez. Enfin si tu n'y trouues pas ton compte, ne te chagrine pas pour cela, ce n'est pas la premiere fois sans doute que tu as mal employé ton temps & ton argent.

POVR VN DES AMIS
de l'Autheur.

PLAINTE DE DORANTE
fur l'infidelité de Celiane.

L'Ingratte, caufe de mes peines,
A la fin a rompu mes chaifnes,
Et par fon infidelité,
Rendu l'aimable liberté
Que i'auois tout à fait perduë,
Du moment que ie l'auois veuë,
Et que fes beaux, mais traiftres yeux,
Eftoient mes Soleils & mes Dieux.
   Cruel moment, trifte journée,
Où ma raifon empoifonnée,
Prit vn breuuage fi mortel,
Aux pieds d'vn fi perfide Autel :
Autel que i'adorois dans l'ame,
Autel, feul objet de ma flâme,
Autel, où i'appendois mes vœux,
Autel, feul digne de mes feux,
Autel, que ie brulois d'enuie
De reuerer toute ma vie;
Autel, mais Autel profané,
A d'autre vfage deftiné

Qu'à mes amoureux sacrifices,
Sont-ce là de tes injustices,
Amour? & peut-on iamais voir
Tant de matiere à desespoir?
Helas! tu sçais qu'en apparence
I'estois l'objet de sa constance,
Le seul sujet de ses plaisirs,
Et celuy de tous ses desirs,
Que par des sermens execrables,
Et que ie croyois veritables,
Elle m'en iuroit chaque iour.
Ha! ce n'estoit rien moins qu'Amour!
L'infidelle auoit la pensée
En bien d'autres endroits placée,
Et son cœur dedans ces momens
Auoit bien d'autres sentimens.

　　　Helas! faloit-il qu'vn tel crime
Noircit ainsi la haute estime
Que ma passion & ma foy
Vouloient toûjours auoir de toy?
Et lors que mon amour extréme
N'est comparable qu'à soy-méme,
Que ie croy tout me succeder,
Que ie croy te mieux posseder,
Par vne ingratte & lasche enuie,
Tu voulusses m'oster la vie,
Et que ie te visse aujourd'huy,
Perfide, dans les bras d'autruy?
Trop aimable, & trop inconstante,
Helas! que t'auoit fait Dorante?
Dy-moy, pourquoy l'as-tu quitté?
Est-ce pour sa fidelité?
Est-ce pour ses humbles seruices?
Est-ce pour tant de bons offices?

Non, c'est que sa sincerité,
Ingratte, & ta legereté,
Sont vne vnion impossible,
Et tout à fait incompatible.

Superbe, vn Amant comme moy,
Estoit-il indigne de toy?
Tant de transports, tant de tendresses,
Et tant d'amoureuses caresses,
Tant de belles marques d'amour
Dont il te combloit chaque iour,
N'ont-elles pû mettre en ton ame
Du mépris pour vne autre flâme?
Et si ton cœur songe au passé,
Peut-il l'en auoir effacé?

Tout ce que l'Amour peut produire,
Tout ce dont il nous peut instruire,
Tout ce qu'il nous peut ordonner
Et d'entreprendre & de donner,
Ne l'ay-je pas fait inhumaine?
Ne t'adorois-je pas en Reyne?
Ne t'appellois-je pas toûjours,
Mon Ange & mes cheres Amours?
Enfin de la moindre pensée
T'auois-je iamais offensée?
Dy-moy, n'auois-je pas esté
Iusqu'à ton infidelité,
Le plus soûmis, le plus traittable,
Le plus franc, le plus veritable,
Enfin le plus respectueux
De tous ceux qu'ont blessé tes yeux?
Et cependant, cruelle, ingratte,
Dans le moment que ie me flatte
D'vn bien dont ie pense joüir,
Las! ie le sens s'éuanoüir

Par vne si haute inconstance,
Auec si peu de vray-semblance,
Auecques si peu de raison,
Dans vn temps si hors de saison,
Bref auec si peu d'apparence,
Que ie croy mourir quand i'y pense.

Ha! mon mal ne peut s'exprimer,
Ie ne hais ny ne puis aimer,
Et ie souffre la mesme peine
Que font & l'amour & la haine.

Mais, mon amour, pourquoy souffrir,
Pourquoy souhaitter de mourir?
Ne découures-tu pas la ruse
De la perfide qui t'abuse;
Et qu'elle n'a d'affection
Pour toy, ny pour ta passion?
Que l'infidelle la méprise,
Et qu'ailleurs la sienne est soumise?

Ne vois-tu pas depuis deux mois,
Que son amour tire aux abois,
Et que ses ardantes promesses
Ne sont que des ruses traistresses,
Pour pouuoir auec seureté
Couurir son infidelité?
Trop inconstante Celiane,
Il est vray i'estois trop profane,
Mes vœux n'auoient pas merité
L'amour d'vne Diuinité:
Oüy, tu me serois encor telle,
Si tu n'estois point infidelle?
Tu crois par vn tel changement,
Te conseruer vn autre Amant,
De qui les qualitez plus grandes
Seront dignes de tes offrandes,

Et qui te placeront vn iour
Dedans le Paradis d'amour.

Ainſi ſoit-il, belle inhumaine,
Mais ne te ris pas de ma peine,
Et dans tes diuertiſſemens
N'ayes point de bas ſentimens
Pour vn malheureux dont le zele
A toûjours eſté ſi fidelle;

Songes, de grace, qu'en effet
Ce qu'on fit peut eſtre refait,
Que Dieu n'eſt iamais ſans ſuplice
Pour des cœurs remplis d'injuſtice,
Et que c'eſt par vn grand hazard,
S'il ne les punit toſt ou tard.

Pourtant, ie le prie à mains jointes
De détourner de toy les pointes
D'vn couroux, qu'auec verité
Tu n'as que trop bien merité.

Comme moy, qu'il te le pardonne,
Et qu'en ton ingratte perſonne,
Au moins on ne remarque pas
La punition des ingrats.

Car quoy qu'enfin ie puiſſe dire,
Et quoy que ie veille t'écrire,
Puis que ie doy ma liberté
A ton infidelle beauté;
C'eſt vne ſi parfaite grace,
Qu'il faudra que mon cœur t'en face
Iuſques à ſon dernier moment,
Vn tres-humble remerciment.

Mais elle ſera de durée,
Et ſois conſtamment aſſeurée,
Qu'apres tant de trompeurs attraits
Mes yeux ne s'ouuriront iamais

Pour quelque objet que se puisse estre;
Non, il auroit beau me pa;estre
Aussi brillant qu'est le Soleil,
Ou dans vn éclat tout pareil
A celuy que l'Aurore étale
Aux yeux de son aimé Cephale,
Que ie n'en serois pas tenté,
Car i'aime trop ma liberté.
Adieu trop aimable inhumaine,
Adieu beau sujet de ma peine,
Adieu trop ingrate beauté,
Vray miroir d'infidelité,
Adieu volage, adieu parjure,
Adieu, Dorante te conjure
De prendre de luy desormais
Le grand Adieu pour tout iamais.

M. LE LIEVTENANT
DE LA F. D. F.

JE croy que ie puis vous écrire
Ce que ie ne ſçaurois vous dire,
Parce que ie ſuis au grabat
D'vne fluxion qui m'abat,
Et qui me rend tout auſſi miévre,
Qu'vn homme qui ſort de la fiévre;
C'eſt pourquoy prenez maintenant
Billet à vous appartenant,
Billet en forme de Requeſte,
Sur la promeſſe par vous faite
A deux hommes de probité,
Sans en eſtre ſollicité;
Et pour témoin de conſequence,
Promeſſe faite en la preſence
D'vn veritable homme d'honneur,
Qu'on nomme Monſieur le * * * *
Qui vous dira ſans hyperbole,
Que vous leur donnaſtes parole,
D'vn cœur ce ſemble aſſez ouuert,
D'vn peu de bois pour leur Hyuer:
On vous en a fait la priere,
Mais vous faites le ſix derriere;
Mon cher Monſieur le Lieutenant,
Il eſt vn peu tard maintenant,
Homme de voſtre caractere
Ne dit rien qu'il ne doiue faire,

C

Et vous deuez vous souuenir
Qu'homme qui promet doit tenir :
Voyez vn peu, ie vous supplie,
Quelle erreur, & quelle saillie,
Si mon cher Camarade, ou moy,
Representant deuant le Roy,
Nous allions par quelque mélange
Prendre insensiblement le change,
Et que tous deux sans y songer
Nous allassions nous engager
A dire au lieu de nostre rolle,
Il nous a manqué de parole,
Sire, Monsieur le Lieutenant,
Cela seroit bien surprenant,
Vos douleurs seroient sans pareilles,
Que cela vint à ses oreilles;
Car il voudroit sçauoir pourquoy,
Et lors, mon Camarade & moy,
Nous conterions toute l'histoire,
Qu'vn iour estans ensemble à boire,
Apres des santez deux ou trois,
Vous nous auiez promis du bois,
Que nous vous demandions sans cesse
Les effets de vostre promesse,
Et que vous nous disiez tout court,
Que vous estiez deuenu sourd :
Mais non, non, halte à la colere,
Nous n'auons garde de le faire,
Nous en voulons demeurer là,
Car vous mettrez ordre à cela,
Puis que cela vous interesse,
Vous nous tiendrez vostre promesse;
Mais entre nous sans lanterner,
Comme on dit à donner donner,

Car fi dans cette conjonċture,
Vous faifiez payer la voiture,
J'aimerois mieux, foy de Chreftien,
Que vous ne nous donnaffiez rien.
Helas! ce que l'on vous propofe,
Hé, mon Dieu, c'eft fi peu de chofe,
Cela ne vous couftera rien,
Et fi vous nous ferez du bien;
Ce n'eft pas pour la confequence,
Mais il eft de la bienfeance
Qu'vn homme tienne fon ferment,
Or concluez donc viftement:
Mon Dieu faut-il tant de myftere
Pour vne chofe qu'on doit faire?
Pour ce que vous voulez donner,
Il ne faut que s'imaginer
Que vous en prenez dauantage
Cét Hyuer pour voftre chauffage;
Apres tout, voila bien dequoy
Pour vn Lieutenant; c'eft pourquoy
Sans exciter voftre courage,
Et fans en parler dauantage,
Enuoyez demain, s'il vous plaift,
Vn de vos Gens à la Foreft,
Pour donner ordre qu'on apporte
Du bois iufques deuant la porte
De l'antique Hoftel des Hérons,
Et nous vous en remercierons.

A MESSIEVRS H. & P.
à qui il auoit promis vn Difner
qu'il falut remettre.

O Tres illuftres que vous eftes,
Le vent a foufflé dans nos boiftes,
Vn Demon forty de l'Enfer,
Que la pefte puiffe étouffer,
A renuerfé ma fricaffée :
Helas ! ma bouteille eft caffée,
Nous voila folidairement
Tous fept foufflez du vent de bife,
Puis que la partie eft remife,
Et vous allez fçauoir comment.

Ieudy l'on demande Pompée,
Ha qu'euft-il la gorge coupée,
L'importun qui le demanda,
La gorge coupée, oüy da, oüy da,
La repetition eft jufte,
Il m empefche de voir Augufte,
Auec l'admirable Petit,
Et fa paffion ridicule
Sevre ma petite cellule
Du bien d'vn fi rare credit.

Encor ce qui plus m'incommode,
Il veut l'Empire de la Mode,
Expres pour me faire enrager:
Helas, nous ne pourrons manger
De plus de quatre iours enfemble,
Mon pauure petit cœur en tremble;

Et pour en parler bien à point,
Ie ne sçay pas en conscience,
Dans cette funeste occurrence,
Si voftre Amy n'en mourra point.
   Mais soit qu'il viue ou qu'il meure,
Il est tres-asseuré qu'il pleure,
Et qu'il mord bien serré ses doigts
De se voir reduit vne fois
A demander tres-humbles graces,
Et cela ce n'est point grimace,
Choisissons donc vn autre iour,
Où l'on ne le puisse surprendre,
Et vous verrez s'il sçaura rendre
Enfin à beau jeu beau retour.

Pour vn *Amy qui auoit promis six Bouteilles de Rossolis, & qui ne les enuoyoit point.*

MOn tres-cher, vous direz ce que vous voudrez,
Vn tien vaut mieux cent fois, que mille vous
   l'aurez:
Ce n'est pas que ie veille croire
Que vous n'ayez point de memoire;
Mais pour vous en parler auec sincerité,
Vn malheur qui souuent s'attache à mon costé,
   Me fait craindre quelque disgrace,
   Et qu'il me faille dire grace,
   Auant que d'en auoir tasté,
   Ou bien que quelqu'vn plus hasté,

Plus que moy vigilant, & plus subtil sans doute,
Ne nous en laisse pas vne petite goutte:
    Dieu veüille que qui que ce soit
    En puisse creuer s'il en boit,
    Et qu'en quittant le dernier verre,
    Il tombe éuanoüy par terre,
Et que ses membres soient apres enseuelis
Dans vn tonneau de Biere au lieu de Rossolis.

Sur le Billet cacheté de soye noire.

IE ne sçaurois changer le Billet que i'enuoye,
    Ny cacheter d'vne autre soye,
Dans la crainte que i'ay qu'il faut porter le deüil
    De mon Rossolis au cercueil;
    Mais si ma conjecture est fausse,
Que quelqu'vne ouquelqu'vn ne m'aitpoint préuenu;
Ma foy ie suis à vous cent fois plus que mon cu
    N'est auant dans mon haut de chausse.

INPROMPTV,

Sur ce que des Femmes demandoient leurs
Eſtrenes à l' Autheur.

QV' vn homme eſt ſot, quand aux Eſtrenes
    Il n'a rien du tout à donner,
Et qu'il eſt obligé de dire à des Chimenes:
Mes Tres-cheres, helas veillez-moy pardonner!
    Mais qu'il eſt bien plus ſot encore,
    Quand pour ſe montrer tout entier,
    Il trace comme vne pécore
    Sa ſottiſe ſur du papier:
    Bagatelle, en ma conſcience
    Il eſt bien moins ſot qu'on ne penſe:
Il faut toûjours donner à tors comme à trauers;
Car quoy que là-deſſus le critique propoſe,
    C'eſt toujours donner quelque choſe,
    Que de donner de méchans Vers.

    Ie vous enuoye vn Inpromptu,
    Qui ne vaudroit pas vn fétu,
    Si ce n'eſtoit la promptitude
    Auecques laquelle il fut fait,
    Car en vn moment ſans eſtude
    Il fut reſvé, fait & parfait;
A douze liures pres il vaut vne piſtolle,
    N'importe, ie l'ay trouué drôle;
Mais on me le verra bien autrement priſer,
    S'il peut me valoir vn baiſer.

                C iiij

DORANTE,
A L'INCONSTANTE CELIANE.

Epigramme.

INgrate, c'eſt en vous moquant,
Que vous dites à voſtre Amie,
Que i'ay le viſage contant,
Plus, que ie ne l'eus de ma vie.
Helas! voſtre inſenſible cœur
Iuge des autres par luy-meſme,
Il fait gloire d'eſtre moqueur
Alors que ſa joye eſt extréme.
Ha que mon viſage eſt trompeur,
Et que vos yeux vous ont trompée
Ailleurs plus qu'à me voir vous eſtiez occupée,
Pour moy qui ne ſuis point flatteur,
Ie ne ſçay pas ſi mon viſage
A voſtre abord marqua quelque contentement;
Mais depuis que par vous i'ay receu tant d'outrage,
Mon ame n'en a pû gouſter vn ſeul moment.

AVTRE A LA MESME.

Sur vn Portrait qu'elle ne vouloit pas rendre.

PVis que vous faites tant de mal,
Celiane, à l'original,
Pourquoy gardez-vous la coppie ?
Il paroist du caprice ou de la cruauté
Dans vostre opiniastreté:
Renuoyez la moy, ie vous prie,
Elle ne me ressemble pas,
Elle verra vostre inconstance
Auec beaucoup d'indifference,
Vous n'en aurez pas moins d'appas;
Mais helas pour l'auoir trop veuë,
Infidelle, i'ay pris vn poison qui me tuë.

A CELIANE, qui auoit demandé la Comedie du Festin de Pierre.

VOus auez souhaitté de moy
Cette Piece que ie vous donne,
Ie deuine à peu pres pourquoy,
La raison en est assez bonne;
Soit seulement dit entre nous,
Ie serois bien fasché d'en parler dauantage,
Par rapport vous aimez le Heros de l'Ouurage,
Il est perfide comme vous.

C v

A LA MESME.

IE ſçay bien que ie n'ay que faire,
Quand vous aurez leu ce Billet,
De m'efforcer à vous diſtraire
De mettre en morceaux ce feüillet:
Si vous n'auez eſté diſtraite,
Ie tiens déja la choſe faite.
Pleuſt à Dieu que voſtre rigueur
M'euſt ainſi déchiré le cœur,
Quoy que l'acte de ſoy fut tres-impitoyable,
    Vous ſeriez bien plus excuſable.

A LA MESME.

VOus auez l'ame trop bien faite
    Pour profiter de ma deffaite,
Quoy que voſtre infidelite
N'ébranle point ma fermeté,
Vous n'en prendrez pas auantage,
Ie ne puis auoir eſtimé
Vn objet ſi charmant, & l'auoir tant aimé,
Et quoy qu'il ſoit changeant, eſtre iamais volage.

RESVERIE
Sur vne absence.

PResé de regrets & d'ennuis,
   Ie m'entretiens toutes les nuits
Auec l'aimable objet qui fait naiſtre mes peines,
Ie luy conte mes maux, ie luy dy mes tourmens,
   Et ie me vois en meſme temps
Obligé de haïr & de benir mes chaiſnes.

Dans cét amoureux entretien,
   Ie gouſte auec plaiſir vn bien
Dont la douceur retient mon ame poſſedée;
Mais, ô friuole eſpoir, dans le meſme moment
   Ie voy renaiſtre mon tourment,
Et ce bien ſeulement n'eſt à moy qu'en idée.

Retenu dans ces triſtes lieux,
   Et loin de ſes aimables yeux,
Leurs charmes tous diuins occupent ma penſée,
Ie les baiſe & rebaiſe vn milion de fois;
   Mais, ô trop malheureux, ie vois
Mon bien s'éuanoüir, & ma joye effacée.

Ie croy dans cette emotion,
   Qu'elle reſſent ma paſſion,
Et que ſa bouche entend mon amoureux langage,
Que baiſers ſur baiſers ſans ceſſe elle me rend;
   Mais ie ne baiſe que du vent,
Et ie ne touche point ſon aimable viſage.
                              C vj

O Deſtins qui me retenez,
Barbares qui m'empriſonnez!
Si vous pouuiez ſentir les ardeurs de ma flâme,
Vous auriez pour mes maux vn peu plus d'amitié,
Vous en auriez plus de pitié,
Et vous me permettriez de rejoindre mon ame.

Tous les maux que l'on peut ſouffrir,
Tous ceux que l'on ſent à mourir,
Ne peuuent auoir rien d'égal à ma ſouffrance :
Mon aimable Maiſtreſſe, helas! n'eſt point icy;
C'eſt pourquoy ie conclus ainſi,
Que le pire des maux eſt celuy de l'abſence.

Dites? iuſques à quand cruels,
Iuſqu'à quand, bourreaux eternels,
Tiranniſerez-vous vne ame qui ſoûpire,
Vne ame qui n'a plus qu'vn ſoûpir à pouſſer?
C'en eſt fait, elle va paſſer,
Arreſtez-la de grace, elle paſſe, elle expire.

Hé quoy! mon Ange, c'eſt donc vous?
Voſtre amour arreſte les coups
Que mon cruel deſtin liuroit à ma conſtance?
Voſtre ſenſible cœur vient pour me ſecourir,
Il veut m'empeſcher de mourir;
Mais en vain, mon remede eſt en voſtre preſence.

Il faut que ie ſois dans vos bras,
Que i'y gouſte tous les appas
Qu'ils doiuent accorder à ma perſeuerance;
Et pour paſmer de joye, il faut vous voir enfin
Pour brauer mon cruel deſtin,
Et me vanger des maux que me cauſe l'abſence

C'eſt là mon aimable moitié,
Qu'excitant en vous la pitié
Que vous deuez auoir pour mon amour fidelle;
Qu'expirant à vos yeux, ie prendray le plaiſir
De me voir mourir à loiſir,
Et dire que ma mort ne peut eſtre plus belle.

A M. R. D. L. M. M.

COmbat à part, l'eſpée au croq,
Il faut demain faire criq croq;
C'eſt à dire en François vulgaire,
Que de temps nous n'auons plus guere,
Pour croquer enſemble vn chapon;
Mon tres-illuſtre M * * * * * *
Demain donc, mais ſans plus d'inſtance,
Ie pretens vous remplir la pance,
Et l'ampoulé Magnon par ſes puiſſans écrits
Vous remplira tous les eſprits;
Et du meſme moment, parce
Qu'en ſuite il y faut vne farce.
Ie vous en fourniray ma foy
Vne droſle qui vient de moy;
Mais il ne faut pas, mon Compere,
Faire l'école buiſſonniere
Pour prendre vn ſi charmant repas,
Car c'eſt ſans pourneant, & ſans ie n'y ſuis pas.

*A son Amy qui luy auoit demandé
un Billet pour voir la Comedie.*

OVy da mon tres-cher R*****
Ie vous conferue mon Billet;
Et quoy qu'enfin on me propose,
Ie le garde pour Stilichose,
Car pour des Dames de renom,
Ne faut pas dire Stilicon,
Et ie ne voudrois pas écrire
Rien qui les empeschaft de rire.

Affiche pour la Piece d'Amarillis.

C'Eft à ce coup qu'Amarillis
Auec les roses & les lys
Que la Nature a mis sur son charmant visage,
Dans noftre Hoftel va faire rage;
C'eft à ce coup que nos Acteurs,
De vos plaifirs grands amateurs,
Par de surprenantes merueilles
Vous rauiront demain les yeux & les oreilles;
Enfin, Messieurs, c'eft à ce coup
Que vous allez rire beaucoup;
Ce beaucoup en noftre langage,
Vous dit bien plus que dauantage;

Car nos Satyres amoureux,
Dans l'esperance d'estre heureux,
Et de joüir de leurs Bergeres,
Vous diront mille mots nouueaux,
Et puis de leurs jambes legeres.
Vous danseront en suite vn Balet des plus beaux.

Autre *Affiche pour la mesme Piece.*

NE vous a-t'elle pas charmez
Nostre Amarillis adorable?
N'est-il pas vray que vous l'aimez
Autant presque qu'elle est aimable?
Nos inimitables Acteurs,
De la seule gloire amateurs,
N'ont-ils pas fait en conscience,
Comme Robin fit à la dance,
C'est à dire tout de leur mieux:
Venez donc tous les Curieux,
Venez, apportez vostre trogne
Dedans nostre Hostel de Bourgogne,
Venez en foule, apportez-nous
Dans le Parterre quinze sous,
Cent dix sous dans les Galeries;
Et pour contenter vos enuies,
Soyez constamment asseurez
Que nos Satyres preparez
A dancer & joüer leurs rolles,
Vous feront dire ingenuëment,
Que cinquante mille pistolles,
Ne valurent iamais ce Diuertissement;
Et pour adjouster à la chose,
Puis qu'il nous faut prendre congé,
Nous vous dirons, bon soir la Rose,
Par l'admirable Sot Vangé.

RESVERIE DE TIRSIS
POVR CELIMENE.

Dans vne tristesse profonde,
Mortellement enseuely,
Le plus fidelle Amant du monde,
Tirsis, sous ses maux affoibly,
Couché dessus le bord d'vne claire Fontaine,
Que grossissoit l'eau de ses pleurs,
Sembloit conter à Celimene
Le triste & beau sujet de toutes ses douleurs.

Là d'vne langue begayante,
Voulant exprimer sa langueur,
Et sa bouche à demy mourante,
Monstrer les eslans de son cœur,
Il disoit assez bas, aimable Celimene,
Combien dureront mes tourmens?
Quand verray-je finir ma peine,
Et de mon prompt retour les bienheureux momens?

Las! ie meurs pour vous trop aimer,
Mon mal est vn mal bien étrange;
Pourquoy ne pas me ranimer,
Parlez de grace, mon bel Ange?
Tout est perdu pour moy si ie ne vous voy plus,
Vostre absence m'est si fatale,
Que tout remede est superflus
Si vous ne me tirez de ce mortel dedale.

Cent mille affreux ſpectres nocturnes,
M'embaraſſent d'iliuſions,
Ie ne voy par tout que des vrnes,
Et de funeſtes viſions;
Ils m'offrent d'vn coſté Celimene expirante,
Qui me dit qu'elle meurt pour moy,
Puis ils me la font voir viuante,
Mais dans les bras cruels d'vn plus heureux que moy.

Elle fuit, elle ſe raproche,
Et de ſes beaux yeux mes vainqueurs,
Auſſi-toſt elle me décoche
Ces traits qui bleſſent tous les cœurs;
Elle crie, ô Tirſis, voy l'excez de ma peine,
Retiens-moy, ie te tends les bras,
On te rauit ta Celimene,
Adieu, ie meurs, Tirſis, pleure au moins mon trépas.

Arreſte, belle Ingratte, arreſte,
Encor vn regard ſeulement,
Mon ame à partir toute preſte,
Ne te demande qu'vn moment :
Arreſte encor vn coup, criminelle innocente,
Auant que de fuir de ces lieux;
Voy que ie meurs l'ame contente,
Puis que i'ay le plaiſir de mourir à tes yeux.

Là donnant relaſche à ſa peine,
Par tout il détourne les yeux;
Mais ne voyant point Celimene,
Il éleue ſes mains aux Cieux:
Abſence rigoureuſe & pleine d'injuſtice,
Dit-il, tu pourras dire vn iour,

Que tu m'as forgé le supplice
Qui fera de Tirsis vn vray Martyr d'Amour.

Cette vision disparuë,
Dans vne autre ie l'apperçoy
Les bras ouuerts, la gorge nuë,
Qui dit en s'élançant sur moy;
Tirsis, aimable autheur de mes transports extrémes,
Ne pars pas si-tost, attends-moy,
Tu meurs à cause que tu m'aimes,
Il est bien juste aussi que ie meure pour toy.

Là sa belle main toute preste,
Veut executer son dessein,
Et d'vn coup de poignard. Arreste,
Ha! barbare épargne ton sein.   (maine.
CELIM. Quoy tu vis, mon Tirsis TIR Adorable inhu-
     CELIM Tu détournes ma mort ainsi.
 TIR. Oüy, mon aimable Celimene,
Tu m'as donné le iour, ie te le rends aussi.

*A M. L. V. qui luy auoit fait donner
vn excellent Remede pour la Goutte, &
qui auoit laißé paßer quelques jours
fans le vifiter.*

HElas! mon bon Dieu, tel m'oublie,
Qui ne fçait pas comme ie crie;
Tel n'a foin de quoy que ce foit,
Tel s'égaudit, tel rit, tel boit,
Tel delicieufement hume,
Tel bachanalife, tel fume,
Tel enfin vit comme cela,
Qui ne fçait pas comment tout va,
Qui ne fçait pas de quelle forte
Mon pauure pied percé fe porte,
Ny qui ne s'eft pas enquefté
Comment le gouteux s'eft porté;
Ie veux dire depuis l'Orgie,
Depuis l'illuftre Tabagie
Que l'on a faite dans l'Hoftel,
De ce peu memoratif tel.
Et bien, mon bon Dieu, patience,
Prenons pour noftre penitence,
Et pour tous nos pechez commis,
L'oubly de nos meilleurs Amis:
Ioignons à ces fenfibles pertes
L'excez de nos douleurs fouffertes,
Et de celles qu'il faut fouffrir
Auparauant que de guerir;
Mais quelque chofe que ie faffe,
Remercions de bonne grace.

FRAGMENS

Ce plus que secourable tel,
A' qui ie doy plus d'vn Hostel,
A qui i'en erigeray trente,
Si mon pied peut estre sans tante.
Et si celuy de l'autre part
Peut estre & dispos & gaillard.
Remercions l'illustre Laure,
Que ie reuere & que i'adore,
Laure que ie reuereray,
Laure que i'idolastreray,
Laure dont le diuin remede
Est venu si prompt à mon aide;
Laure, qui sans m'auoir connu,
M'a si promptement secouru;
Laure enfin de qui la science,
Laure de qui l'experience
Dans mon chien de mal inconnu
Surpasse tout ce que i'ay veu.
Il viura dedans ma memoire,
Ie le placeray dans l'Histoire,
Et deuant Caresme prenant
Il verra si de Villiers ment.
C'est par vous, Amy secourable,
Que i'ay ce bien incomparable,
Et c'est de bon cœur vous aussi
A' qui i'en rens graces icy;
Ie sens bien que mon stile cloche,
Ne m'en faites point de reproche,
Et ne m'en blâmez qu'à moitié;
Pas droit ne va qui n'a qu'vn pié;
C'est tout ce que ie puis écrire,
Et tout ce que ie puis vous dire
D'vn cœur aussi franc que naïf,
Mais soyez plus memoratif.

A M. LE B. C. D. R.

CA faisons vn Panegyrique
Qui soit vray, qui soit antentique,
Et qui chante les attributs
Qui sont legitimement deus
Au plus rare de tous les hommes,
Qui viue au dur Siecle où nous sommes.
Mais comment en venir à bout?
Car bien loin de dire le tout,
Ie ne sçaurois, quoy que ie die,
En prosner la moindre partie :
N'importe, apres auoir parlé,
Apres auoir bien étalé
Tout ce que dans mon preambule
En dira ma pauure venule,
Ceux qui par hazard le liront,
A l'impossible suppléront.
Car pour vous dire en conscience
Fort nettement ce que i'en pense,
Celuy de qui ie veux parler,
Loin d'en faire vn discours en l'air,
Meriteroit que mes paroles
Valussent autant de pistoles,
Et que sans affectation
I'en debitasse vn milion;
Mais sans doute il est impossible
D'arrester de l'eau dans vn crible.
Ha! que d'exagerations,
Que de tergiuersations!
Sus donnons à teste baissée,
Et quand elle en seroit cassée,

N'importe, mon indiuidu
Aura fait ce qu'il aura dû.
Mais, ô mes Lecteurs beneuoles!
Sçauez-vous pour qui ces paroles?
Pour vn diuinisé Mortel,
Pour l'incomparable le Bel,
Le Bel qui plus grand qu'Esculape,
Fait que ie vis & que i'échape
Du funeste pas de la mort,
Et cela presque sans effort.
Oüy sans effort, car sa science,
Son art, & son experience,
Sa main & sa dexterité,
Iointes à sa fidelité,
Escartant de moy tout obstacle,
Vient de produire ce miracle:
Vne grosse bale de plom
Coupe vne part du gros tendon,
Assez proche de la cheuille;
De'là, cette fausse chenille
Pousse & perce assez à propos,
Sans fracasser aucun des os,
Mais toute pleine de furie,
S'en va rechercher sa sortie,
Bruslante, & sans nulle pitié
Sur l'autre cheuille du pié,
Et découure sans hyperbole,
Ce qu'on appelle Maleôle,
Brisant pour comble de malheur,
Vne moitié de l'extenseur
Qui se trouue en cette partie,
Si qu'à l'entrée & la sortie
Ie suis assez euidemment
Blessé tres-périlleusement.

Et cependant, chofe admirable,
Le Bel cet Homme incomparable,
Qui deuroit n'eftre point mortel,
Le Bel, c'eft tout dire, le Bel,
M'a mis par fon experience
En parfaite conualefcence,
Et dans vn eftat éuident
Eloigné de tout accident;
Il a par des maximes vrayes
Tellement reuny mes playes,
Qu'à grand peine y découure-t'on
Où paffa la boule de plom;
Et l'on ne peut fans raillerie
Iuger l'entrée ou la fortie,
Car enfin deux tendons froiffez,
Cent phibres charneux fracaffez,
Os découuerts, & pour tout dire,
Ce que ie ne puis vous écrire,
Parce que ie ne le fçay point,
Le tout guery de point en point,
Sans y rien laiffer de la caufe,
Sans qu'il refte la moindre chofe,
Et pour comble de tous mes vœux,
Sans eftre aucunement boiteux,
Sans laiffer la moindre foibleffe.
Ha jufte Dieu, que d'alegreffe,
Ha fçauant, & rare le Bel,
A qui mon cœur dreffe vn Autel
Dans le fin fonds de ma poitrine,
Tu fors d'vn race Diuine,
Apres tant de fi grands effets
Ie ne m'en dédiray iamais,
Et ie porteray tes loüanges
Au dela de celle des Anges.

Mais que diray-je de ton Fils?
Ton Fils dont le merite exquis
Qui dedans vn âge ſi tendre
Donneroit matiere d'apprendre
A tous ceux de la Faculté?
Ce Fils ſi juſtement vanté,
Ce Fils dont la rare conduite
Met tant de fois la mort en fuite,
Et qui dans des corps affoiblis,
Dans des corps preſque enſeuelis,
Par ſa ſcience ſinguliere,
Reproduit la ſanté premiere?
Ce Fils de qui le jugement
Nous tire imperceptiblement,
C'eſt à dire ſans violence
Des langueurs & de la ſouffrance;
Bref ce Fils dont la probité
Procure par tout la ſanté?
O Fils, digne Fils de ton Pere,
Agis toûjours, trauaille, opere,
Ainſi qu'à ton Pere Diuin
Vn Autel t'attend à la fin.

Apoſtille à Monſieur Angibous.

ANGIBOVS, ſi plus loin n'eſt allé mon projet,
    Ce n'eſt pas faute de ſujet;
Et ſi ie n'ay pouſſé plus auant ma carriere,
    Ce n'eſt pas faute de matiere;
    Mais pour Homme à membres froiſſez,
    Ie croy que c'eſt en dire aſſez;
    Car quand on ne ſçauroit tout dire,
Le meilleur à mon ſens c'eſt de ceſſer d'écrire,
    Et de dire de tout ſon cœur,
Comme ie dis icy, Tres-humble Seruiteur.

F I N.

www.ingramcontent.com/pod-product-compliance
Lightning Source LLC
Chambersburg PA
CBHW060457260626
47161CB00005B/2141